머리맡에 두고 읽는 시

■ 이 도서의 국립중앙도서관 출판예정도서목록(CIP)은
서지정보유통지원시스템 홈페이지(http://seoji.nl.go.kr)와
국가자료공동목록시스템(http://www.nl.go.kr/kolisnet)에서 이용하실 수 있습니다.
(CIP제어번호: CIP2020024846)

# 머리맡에 두고 읽는 시

김용택

백석

이 그지없이
고담하고 소박한 것은
무엇인가

마음산책

백석

본명은 백기행. 1912년 평안북도 정주에서 태어났다. 오산고보와 일본의 아오야마학원을 졸업하고 〈조선일보〉 출판부에서 근무했다. 1935년 〈조선일보〉에 시 「정주성」을 발표하며 시단에 나왔다. 1936년에 시집 『사슴』을 출간했다. 해방 후 고향에 머물다가 1996년 사망한 것으로 알려져 있다.

# 머리맡에 두고 읽는 시 백석

이 그지없이 고담하고 소박한 것은 무엇인가

1판 1쇄 인쇄 2020년 6월 25일
1판 1쇄 발행 2020년 6월 30일

지은이 | 김용택
펴낸이 | 정은숙
펴낸곳 | 마음산책

편집 | 권한라 · 성혜현 · 김수경 · 이복규     디자인 | 최정윤 · 오세라
마케팅 | 권혁준 · 김종민     경영지원 | 박지혜

등록 | 2000년 7월 28일(제13-653호)
주소 | (우 04043) 서울시 마포구 잔다리로 3안길 20
전화 | 대표 362-1452 편집 362-1451     팩스 | 362-1455
홈페이지 | http://www.maumsan.com
블로그 | maumsanchaek.blog.me
트위터 | http://twitter.com/maumsanchaek
페이스북 | http://www.facebook.com/maumsan
전자우편 | maum@maumsan.com

ISBN 978-89-6090-625-9  04810
     978-89-6090-629-7  04810 (세트)

* 책값은 뒤표지에 있습니다.

이 시가 우리에게 있어서
우리의 시가, 우리의 삶이
가난하지 않게 되었다.

# 김소월, 백석, 윤동주,
# 이상, 이용악의 시선집을 엮다

## 1

김소월 하면 「진달래꽃」「초혼」 등 몇 편의 시가 생각난다. 나는 소월의 「엄숙」이 좋다. 이상 하면 「오감도」다. 그러나 나는 이상의 「가정」이라는 시가 좋다. 이상의 시를 읽으며 나는 그가 때로 근대를 넘어 현대를 스쳐 지나가고 있다는 느낌이 들 때가 있다. 백석 하면 「나와 나타샤와 흰 당나귀」가, 윤동주 하면 「서시」가 비켜서지 않은 그들의 정면이다. 이용악의 서럽도록 아름다운 시 「집」이나 「길」 같은 시는 읽히지 않는다. 유명한 시인들의 강렬한 시 몇 편이 다양하고 다채롭고 역동적인 그들의 시 세계를 가로막고 있다.

그럴 수는 없겠지만, 그렇게 되지도 않겠지만, 김소월, 백석, 윤동주, 이상, 이용악 이 다섯 시인에게 고정시켜놓은 시대적, 시적, 인간적인 부동의 정면을 잠시 걷어내고 그들에게 자유의 '날개'를 달아주고 싶었다. 이 시선집을 엮으며 나는 이상이 친근해졌다. 그의 슬픔에는 비굴이 없다.


## 2

이 다섯 권의 시선집은 시인과 시를 연구한 시집이 아니다. 그냥 읽어서 좋은 시들이다. 누구나 편하게 읽을 시, 읽으면 그냥 시가 되는 시, 시 외에 어떤 선입견도 버린 그냥 '시'였으면 좋겠다. 마음이 어수선할 때, 내 삶을 무슨 말로 정리하고 넘어가고 싶을 때, 간절한 손끝이 가닿는 머리맡에 이 시집들을 놓아드리고 싶다.


## 3

지금 당신이 애타게 찾는 말이, 당신을 속 시원하게 할 수는 없겠지만, 그럴 수는 없겠지만, 어쩌면 그럴 수도 있을 것이다. 그것이 이 시집이고, 이 시라면, 그러면, 지금의 당신도 저 달처럼 어제와는 다른 날로 한발 다가가거나 아까와는 다른 지금으로 생각의 몸집을 줄일 수 있을 것이다. 내일 아침 새로 디딜 땅을 스스로 만들 수 있는 이는 지금 바로 당신뿐이다.


## 4

달빛이 싫어 돌아눕고 돌아누워도 해결되지 않은 일이 실은, 달빛 때문이 아니었음을 나중에야 깨닫는다. 그것은 세상이 변해도 낡지 않을 사랑을 찾기 위한 저문 산길 같은 사람의 외로움이다. 철없는 외로움과 쓸데없는 번민들, 버려도 괜찮을 희망을 안쓰럽게 다독여주는, 내 머리맡의 시들, 달빛에 엎디어 읽던 시인들의 시들을 달빛처럼 쓸어 모아 새집을 지어주었다. 그 집은 '한 집안 식구 같은 달'이 뜬 나의 집이기도 하다.

2020년 여름
시인 김용택

◆ 일러두기

1. 백석 시의 원본과 현대어 표기는『정본 백석 시집』(고형진 엮음, 문학동네, 2020)을 참고했습니다.
2. 원본 중 한자는 모두 한글로 바꾸었습니다.
3. 제목의 경우 해석에 어려움이 있다고 판단되면 한자를 병기했습니다.

# 차 례

시적 공감능력은, 늘 시대를 만난다.

상상력의 날개를 달아준다.

새길로 들어서게 한다.

# 남신의주 유동 박시봉방

어느 사이에 나는 아내도 없고, 또,

아내와 같이 살던 집도 없어지고,

그리고 살뜰한 부모며 동생들과도 멀리 떨어져서,

그 어느 바람 세인 쓸쓸한 거리 끝에 헤매이었다.

바로 날도 저물어서,

바람은 더욱 세게 불고, 추위는 점점 더해 오는데,

나는 어느 목수네 집 헌 삿을 깐,

한 방에 들어서 쥔을 붙이었다.

이리하여 나는 이 습내 나는 춥고, 누긋한 방에서,

낮이나 밤이나 나는 나 혼자도 너무 많은 것같이 생각하며,

딜옹배기에 북덕불이라도 담겨 오면,

이것을 안고 손을 쬐며 재 우에 뜻없이 글자를 쓰기도 하며,

또 문밖에 나가디두 않구 자리에 누워서,

머리에 손깍지벼개를 하고 굴기도 하면서,

나는 내 슬픔이며 어리석음이며를 소처럼 연하여
쌔김질하는 것이었다.

내 가슴이 꽉 메어 올 적이며,

내 눈에 뜨거운 것이 핑 괴일 적이며,

또 내 스스로 화끈 낯이 붉도록 부끄러운 적이며,

나는 내 슬픔과 어리석음에 눌리어 죽을 수밖에 없는
것을 느끼는 것이었다.

그러나 잠시 뒤에 나는 고개를 들어,

허연 문창을 바라보든가 또 눈을 떠서 높은 턴정을
쳐다보는 것인데,

이때 나는 내 뜻이며 힘으로, 나를 이끌어 가는 것이 힘든
일인 것을 생각하고,

이것들보다 더 크고, 높은 것이 있어서, 나를 마음대로
굴려 가는 것을 생각하는 것인데,

이렇게 하여 여러 날이 지나는 동안에,

내 어지러운 마음에는 슬픔이며, 한탄이며, 가라앉을
것은 차츰 앙금이 되어 가라앉고,

외로운 생각만이 드는 때쯤 해서는,

더러 나줏손에 쌀랑쌀랑 싸락눈이 와서 문창을 치기도
하는 때도 있는데,

나는 이런 저녁에는 화로를 더욱 다가 끼며, 무릎을 꿇어
보며,

어니 먼 산 뒷옆에 바우섶에 따로 외로이 서서,

어두워 오는데 하이야니 눈을 맞을, 그 마른 잎새에는,

쌀랑쌀랑 소리도 나며 눈을 맞을,

그 드물다는 굳고 정한 갈매나무라는 나무를 생각하는

것이었다.

백석을 떠올리면 용악이 따라오고 용악을 떠올리면 나는 백석이 따라온다. 왜 그러느냐고 물으면 나는 모르겠다고 대답한다. 백석의 시는 섬세한 미성이고 용악의 시는 육성에 가깝다. 용악의 시가 동편제면 백석의 시는 서편제다. 용악은 '바람 부는 산맥'을 넘어 덜커덩덜커덩 기차에 몸을 싣고 벌판을 간다면 백석은 강을 건너 바람 잔 들길을 걷다가 등잔불 깜박이는 큰 산 아래 '남신의주 유동 박시봉방'에 드는 사람이다. 나는 이 두 시인의 시를 문단에 나가서야 보게 되었다. 그것도 낡고 흐린 복사본으로 말이다.

　안도현 시인은 백석을 좋아하고 나는 용악을 좋아한다. 내가 한창 문학적인 감수성이 왕성할 때 이 두 시인을 만났다면 내 시가 달라졌을 것이라는 생각을 가끔 혼잣속으로 한다. 호젓하게.

　이 짧은 글은 이용악과 백석의 시집 맨 앞 시에 같이 싣는다.

# 수라修羅*

거미새끼 하나 방바닥에 나린 것을 나는 아모 생각 없이
문밖으로 쓸어버린다
　차디찬 밤이다

어니젠가 새끼거미 쓸려나간 곳에 큰거미가 왔다
　나는 가슴이 짜릿한다
　나는 또 큰거미를 쓸어 문밖으로 버리며
　찬 밖이라도 새끼 있는 데로 가라고 하며 서러워한다

이렇게 해서 아린 가슴이 싹기도 전이다
　어데서 좁쌀알만한 알에서 가제 깨인 듯한 발이 채
서지도 못한 무척 적은 새끼거미가 이번엔 큰거미 없어진
곳으로 와서 아물거린다
　나는 가슴이 메이는 듯하다
　내 손에 오르기라도 하라고 나는 손을 내어미나 분명히

_____

* '아수라장'을 줄여 쓴 말이다.

울고불고할 이 작은 것은 나를 무서우이 달어나버리며
나를 서럽게 한다
　나는 이 작은 것을 고이 보드러운 종이에 받어 또
문밖으로 버리며
　이것의 엄마와 누나나 형이 가까이 이것의 걱정을 하며
있다가 쉬이 만나기나 했으면 좋으련만 하고 슬퍼한다

있었던 일이다. 팩트다. 그리고 시인은 이 사실을 시로 썼다.

시는 감성의 공감 범위와 능력을 확장시킨다. 문리를 튼다. 시적 공감 능력은, 늘 시대를 만난다. 상상력에 날개를 달아준다. 새길로 들어서게 한다.

같은 말이라도 시인은 이렇게 말한다.

'찬 밖이라도 새끼 있는 데로 가라고 하며 서러워한다'.

# 여승

여승은 합장하고 절을 했다
가지취의 내음새가 났다
쓸쓸한 낯이 넷날같이 늙었다
나는 불경처럼 서러워졌다

평안도의 어늬 산 깊은 금덤판
나는 파리한 여인에게서 옥수수를 샀다
여인은 나어린 딸아이를 따리며 가을밤같이 차게 울었다

섶벌같이 나아간 지아비 기다려 십 년이 갔다
지아비는 돌아오지 않고
어린 딸은 도라지꽃이 좋아 돌무덤으로 갔다

산꿩도 설게 울은 슬픈 날이 있었다
산절의 마당귀에 여인의 머리오리가 눈물방울과 같이
떨어진 날이 있었다

집 나간 지아비를 기다리지 못한 여인은 늦은 가을밤같이 차게 울던 딸아이가 죽고 절 마당 귀퉁이에서 머리를 깎았다.

　어느 날 어떤 집에 여승이 나타나 합장을 한다. 여승에게서는 가지취 냄새가 났다.

　불경처럼 서러워하는 사람은 뉘 집의 그 누구인가?

　두 번 읽고 세 번 읽고 또 한 번 읽을 때 나타나는 얼굴, '쓸쓸한 낯'은 백석 시의 얼굴이다.

# 가무래기\*의 낙

가무락조개 난 뒷간거리에

빚을 얻으려 나는 왔다

빚이 안 되어 가는 탓에

가무래기도 나도 모도 춥다

추운 거리의 그도 추운 능당 쪽을 걸어가며

내 마음은 우쭐댄다 그 무슨 기쁨에 우쭐댄다

이 추운 세상의 한구석에

맑고 가난한 친구가 하나 있어서

내가 이렇게 추운 거리를 지나온 걸

얼마나 기뻐하며 락단하고

그즈런히 손깍지벼개하고 누워서

이 못된 놈의 세상을 크게 크게 욕할 것이다

---

\* 모시조개

살다가 분노가 솟구치는 괴로운 일을 글로 쓰고 나면 왠지,
그 괴로움이 정리가 되었다. 그리고 이렇게 '그즈런히 손깍지
벼개하고 누워서' 나를 괴롭히는 그 괴로움에게 마음 놓고 크
게 욕을 하였다. 그러고 나면 일어나 다른 일을 할 만큼 속이
시원해졌다.

# 노루

산골에서는 집터를 츠고 달궤를 닦고
보름달 아래서 노루고기를 먹었다

아버지가 앞산에서 노루를 잡아 어깨에 메고 집으로 오면
동네 사람들이 모여들었다. 노루 숨이 붙어 있으면, 동네 사람
중 하나가 노루 피를 커다란 그릇에 받아 돌려가면서, 마셨다.
하얀 사발에 묻은 노루 피를 다 마시고 나면 어른들 입술에 피
가 묻어 있었다. 피가 묻은 입술로 말들을 하면, 흰 이가 더 희
게 웃었다. 우리들은 멀찍이 떨어져 웃지 못했다.

# 머루밤

불을 끈 방안에 횟대의 하이얀 옷이 멀리 추울 것같이

개방위로 말방울 소리가 들려온다

문을 연다 머루빛 밤한울에
송이버슷의 내음새가 났다

횃대라는 말이 반가워 이 시를 몇 번 읽었다.

방 안 아랫목 양쪽 벽 기둥에 못을 박고 끈을 달아 크고 긴 대나무를 끼워 넣어 걸치는, 그것이 빨랫줄 같은 횃대였다. 대나무에다가 옷들을 걸었다. 식구들이 많아 옷을 너무 많이 걸면 아침마다 자기 옷 찾기가 어려웠다. 횃대 위에는 이불을 얹어두는 시렁이 있었다. 시렁은 서까래 크기의 나무 두 개를 양쪽 벽에 걸쳐놓은 곳이다. 시렁은 지금의 붙박이장 역할을 했다.

우리 셋째는 횃대를 철봉 삼아 매달려 아랫목 벽을 두 발로 쿵쿵 찼다. 나중에 보니, 아랫목 벽이 다 허물어져 있었다.

# 바다

바닷가에 왔드니
바다와 같이 당신이 생각만 나는구려
바다와 같이 당신을 사랑하고만 싶구려

구붓하고 모래톱을 오르면
당신이 앞선 것만 같구려
당신이 뒤선 것만 같구려

그리고 지중지중 물가를 거닐면
당신이 이야기를 하는 것만 같구려
당신이 이야기를 끊은 것만 같구려

바닷가는
개지꽃에 개지 아니 나오고
고기비눌에 하이얀 햇볕만 쇠리쇠리하야
어쩐지 쓸쓸만 하구려 섧기만 하구려

백석 시 치고, 그냥, 조금은 그런, 연애시 같다.

한용운이나 김소월 같은, 커다란 우리 시인들의 이런 연시를 보면, 어? 이런 시인들도 이런 연애시를 쓰셨네, 하며 나는 마음이 놓여, 괜히 실실 좋아한다.

연애란, 이렇게 남이 봐서 쑥스러운, 그리고 다 아는 감정을 내비치는 것이다. 바닷가의 사랑에는 '바다와 같이 당신을 사랑하고만 싶구려' 이런 말 외에 뭐 특별한 다른 말을 찾지 못하는가 보다. 시인도 말이다. 약간은 누구답지 않은, 그런, 말 안 해도 다 아는, 그런 감추어지지 않은 연애의 말 말이다.

# 모닥불

새끼오리도 헌신짝도 소똥도 갓신창도 개니빠디도
너울쪽도 짚검불도 가락닢도 머리카락도 헝겊조각도
막대꼬치도 기왓장도 닭의 짗도 개터럭도 타는 모닥불

재당도 초시도 문장 늙은이도 더부살이 아이도 새사위도
갓사둔도 나그네도 주인도 할아버지도 손자도 붓장사도
땜쟁이도 큰 개도 강아지도 모두 모닥불을 쪼인다

모닥불은 어려서 우리 할아버지가 어미 아비 없는
서러운 아이로 불상하니도 몽둥발이가 된 슬픈 력사가
있다

내가 좋아하는 시다. 백석의 모든 시에는 우리가 모르는 지명이나 방언이 많아 늘 검색을 해야 한다. 어떤 시를 한 편 다 읽고 나면 읽은 시의 감정은 온데간데없고 검색으로 지칠 때가 있다. 그런데 이 시에 나오는 말은 가만히 생각해보면 다 아는 것들이다. 읽다가 잘 모르는 것은 그냥 넘겨도 시가 크게 달라지지 않는다. 몰라도 되는 이러한 하찮은 것들이 다 모여들어 모닥불에 두 손 내밀어 불을 쬐고 있는 모습을 상상하면, 나도 그 불가에 앉아 있는 느낌이 드는 것이다. 백석의 시는 정답고 따사롭고 애잔하고 애틋하다. '갓 사둔'은 '새 사위'의 부모님이다.

# 절간의 소 이야기


병이 들면 풀밭으로 가서 풀을 뜯는 소는 인간보다
영해서 열 걸음 안에 제 병을 낫게 할 약이 있는 줄을
안다고

수양산의 어느 오래된 절에서 칠십이 넘은 로장은 이런
이야기를 하며 치맛자락의 산나물을 추었다

독자님, 안녕하세요. 마음산책입니다.

어느덧 흥성거리는 여름입니다. 초록빛을 마주하는 여름, 우리에게 익숙한 시인들의 이름을 꺼내보려 합니다. 김소월, 백석, 윤동주, 이상, 이용악이 그들입니다. 그리고 김용택 섬진강 시인이 그들의 시를 읽고 특유의 다감한 말투로 감상을 덧붙입니다. 김용택 시인은 "다섯 시인에게 고정시켜놓은 시대적, 시적, 인간적인 부동의 정면을 잠시 걷어내고 그들에게 자유의 '날개'를 달아주고 싶"다고 말합니다. 이에 「진달래꽃」 「나와 나타샤와 흰 당나귀」 「서시」 「오감도」 「오랑캐꽃」 등 우리에게 익숙한 시뿐만 아니라, 김소월의 「엄숙」과 이용악의 「집」 같은 자못 생경한 시들도 함께 선보입니다. 덧붙인 김용택 시인의 감상글은 그 자체로 한 편의 시로 읽힙니다. 시로 출발하여 다시 시로 흘러드는 아름다운 흐름! 김용택 시인의 호흡을 따라가다 보면, 결코 한 문장으로 정의되지 않을 우리 시인들의 면모를 좀 더 입체적으로 느끼실 수 있을 거예요.

언어로 쌓아올린 정교한 세계를 감상하는 즐거움을 누려보시길 권해드려요. 마음이 소란스러워 쉽게 잠 못 드는 여름밤, 당신의 손끝이 향하는 머리맡에 이 시집을 놓아드리고 싶습니다.

마음산책 드림

우리 동네 강가는 넓은 풀밭이다. 여름이면 소들을 매어둔다. 여름 내내 고삐에 매인 누런 소들이 푸른 풀밭에 앉거나 서 있었다.

어느 날 동네가 발칵 뒤집혔다. 커다란 암소 한 마리가 서 있다가 갑자기 벌러덩 자빠진 것을 사람들이 함께 본 것이다. 느티나무 아래 있던 사람들이 고함을 지르며 우르르 달려갔다. 사람들이 넘어져 눈이 하얗게 뒤집힌 소를 둘러쌌다. 무슨 수가 없었다. 그때 늦게 도착한 어른 한 분이 사람들을 헤치고 누운 소 앞으로 가더니, 커다랗게 부풀어오른 소 배를 가늘고 긴 쇠꼬챙이로 푹 쑤셨다. 배에서 바람이 푸우우, 빠져나가는 소리가 났다. 그리고 한참 후에 소가 일어섰다. 그 어른은 소에 '헛바람'이 찼다고 했다. '우리 동네 소 이야기'다.

# 국수

눈이 많이 와서

산엣새가 벌로 나려 멕이고

눈구덩이에 토끼가 더러 빠지기도 하면

마을에는 그 무슨 반가운 것이 오는가보다

한가한 애동들은 어둡도록 꿩사냥을 하고

가난한 엄매는 밤중에 김치가재미로 가고

마을을 구수한 즐거움에 싸서 은근하니 흥성흥성 들뜨게

하며

이것은 오는 것이다

이것은 어늬 양지귀 혹은 능달쪽 외따른 산 넘은댕이

예데가리밭에서

하로밤 뽀오얀 흰 김 속에 접시귀 소기름불이 뿌우현

부엌에

산멍에 같은 분틀을 타고 오는 것이다

이것은 아득한 넷날 한가하고 즐겁든 세월로부터

실 같은 봄비 속을 타는 듯한 녀름볕 속을 지나서

들쿠레한 구시월 갈바람 속을 지나서

대대로 나며 죽으며 죽으며 나며 하는 이 마을 사람들의 으젓한 마음을 지나서 텁텁한 꿈을 지나서

지붕에 마당에 우물든덩에 함박눈이 푹푹 쌓이는 여늬 하로밤

아배 앞에 그 어린 아들 앞에 아배 앞에는 왕사발에 아들 앞에는 새끼사발에 그득히 사리워 오는 것이다

이것은 그 곰의 잔등에 업혀서 길여났다는 먼 넷적 큰마니가

또 그 짚등색이에 서서 자채기를 하면 산 넘엣 마을까지 들렸다는

먼 넷적 큰아바지가 오는 것같이 오는 것이다


아, 이 반가운 것은 무엇인가

이 히수무레하고 부드럽고 수수하고 슴슴한 것은 무엇인가

겨울밤 쩡하니 닉은 동티미국을 좋아하고 얼얼한 댕추가루를 좋아하고 싱싱한 산꿩의 고기를 좋아하고

그리고 담배 내음새 탄수 내음새 또 수육을 삶는 육수국 내음새 자욱한 더북한 샷방 쩔쩔 끓는 아르궅을 좋아하는 이것은 무엇인가

이 조용한 마을과 이 마을의 으젓한 사람들과 살틀하니
친한 것은 무엇인가

이 그지없이 고담하고 소박한 것은 무엇인가

우리 아버지 별명은 '국수 다섯 그릇'이다. 어느 잔칫집에 가서 국수를 다섯 그릇이나 드셨단다. 잔칫집 국수가 한입에 다 들어갈 만큼 양이 적기는 하지만, 다섯 그릇은 너무했던 모양이다. 제사상 유언으로, 다른 것은 차리지 말고 국수를 다섯 그릇 차려달라고 하셨다.

# 흰밤

넷성의 돌담에 달이 올랐다
묵은 초가지붕에 박이
또 하나 달같이 하이얗게 빛난다
언젠가 마을에서 수절과부 하나가 목을 매여 죽은 밤도
이러한 밤이었다

수절 과부는 소복을 입었을 것이다.

# 절망

북관에 계집은 튼튼하다
북관에 계집은 아름답다
아름답고 튼튼한 계집은 있어서
흰 저고리에 붉은 길동을 달어
검정치마에 받쳐입은 것은
나의 꼭 하나 즐거운 꿈이었드니
어늬 아츰 계집은
머리에 무거운 동이를 이고
손에 어린것의 손을 끌고
가펴러운 언덕길을
숨이 차서 올라갔다
나는 한종일 서러웠다

하이고오…… 나는 한숨이 절로 나왔다. 서럽다. 정말 서럽다. 이 '가파러운 언덕길'이.

# 정주성

산턱 원두막은 뷔였나 불빛이 외롭다
헝겊심지에 아즈까리 기름의 쪼는 소리가 들리는 듯하다

잠자리 조을든 문허진 성터
반딧불이 난다 파란 혼들 같다
어데서 말 있는 듯이 크다란 산새 한 마리 어두운
골짜기로 난다

헐리다 남은 성문이
한울빛같이 훤하다
날이 밝으면 또 메기수염의 늙은이가 청배를 팔러 올
것이다

정주성은 평안북도 정주군 정주읍에 있는 조선 시대 성곽
이란다. 처음에는 흙으로 쌓았었단다.

　'헐리다 남은 성문이/ 한울빛같이 훤하다/ 날이 밝으면 또
메기수염의 늙은이가 청배를 팔러' 오는 그 성은.

　시는, 시 한 편은 시인이 창조해놓은 새로운 마을이다. 우리
들은 잠시 그곳에서 살다가 나오는 것이다. 때로 새 옷을 입고
말이다.

# 산비

산뽕닢에 빗방울이 친다

멧비들기가 난다

나무등걸에서 자벌기가 고개를 들었다 멧비들기켠을 본다

'산뽕닢'

'멧비둘기'

'자벌기'

산에 내리는

'빗방울'까지 완벽한 자연이다.

　형언키 어려운 그 어떤, 풀잎의 숨소리가, 산의 숨결이 손
등을 스친다.

# 흰 바람벽이 있어

오늘 저녁 이 좁다란 방의 흰 바람벽에
어쩐지 쓸쓸한 것만이 오고 간다
이 흰 바람벽에
희미한 십오촉 전등이 지치운 불빛을 내어던지고
때글은 다 낡은 무명샤쯔가 어두운 그림자를 쉬이고
그리고 또 달디단 따끈한 감주나 한잔 먹고 싶다고
생각하는 내 가지가지 외로운 생각이 헤매인다
그런데 이것은 또 어인 일인가
이 흰 바람벽에
내 가난한 늙은 어머니가 있다
내 가난한 늙은 어머니가
이렇게 시퍼러둥둥하니 추운 날인데 차디찬 물에 손은
담그고 무이며 배추를 씻고 있다
또 내 사랑하는 사람이 있다
내 사랑하는 어여쁜 사람이
어늬 먼 앞대 조용한 개포가의 나즈막한 집에서
그의 지아비와 마조 앉어 대구국을 끓여놓고 저녁을

먹는다

벌써 어린것도 생겨서 옆에 끼고 저녁을 먹는다

그런데 또 이즈막하야 어늬 사이엔가

이 흰 바람벽엔

내 쓸쓸한 얼골을 처다보며

이러한 글자들이 지나간다

─나는 이 세상에서 가난하고 외롭고 높고 쓸쓸하니
살어가도록 태어났다

그리고 이 세상을 살어가는데

내 가슴은 너무도 많이 뜨거운 것으로 호젓한 것으로
사랑으로 슬픔으로 가득 찬다

그리고 이번에는 나를 위로하는 듯이 나를 울력하는
듯이

눈질을 하며 주먹질을 하며 이런 글자들이 지나간다

─하눌이 이 세상을 내일 적에 그가 가장 귀해하고
사랑하는 것들은 모두

가난하고 외롭고 높고 쓸쓸하니 그리고 언제나 넘치는
사랑과 슬픔 속에 살도록 만드신 것이다

초생달과 바구지꽃과 짝새와 당나귀가 그러하듯이

그리고 또 '프랑시쓰 쨈'과 도연명과 '라이넬 마리아
릴케'가 그러하듯이

이 시가 우리에게 있어서 우리의 시가, 우리의 삶이 가난하지 않게 되었다. 시를 공부하고 시를 쓰면서 늘 무엇엔가 시달리고 허전할 때, 이 시를 읽으면 마음이 가득 차올라 나는 금세 부자가 되었다. 시인은 말로 부자가 될 수 있는 사람이다. 이 시를 읽고 나면 나는 한없이 너그러워진다.

# 나와 나타샤와 흰 당나귀

가난한 내가
아름다운 나타샤를 사랑해서
오늘밤은 푹푹 눈이 나린다

나타샤를 사랑은 하고
눈은 푹푹 날리고
나는 혼자 쓸쓸히 앉어 소주를 마신다
소주를 마시며 생각한다
나타샤와 나는
눈이 푹푹 쌓이는 밤 흰 당나귀 타고
산골로 가자 출출이 우는 깊은 산골로 가 마가리에 살자

눈은 푹푹 나리고
나는 나타샤를 생각하고
나타샤가 아니 올 리 없다
언제 벌써 내 속에 고조곤히 와 이야기한다
산골로 가는 것은 세상한테 지는 것이 아니다

세상 같은 건 더러워 버리는 것이다

눈은 푹푹 나리고
아름다운 나타샤는 나를 사랑하고
어데서 흰 당나귀도 오늘밤이 좋아서 응앙응앙 울을
것이다

매우 이국적이다. 매우 낭만적이다. 매우 폼 난다. 매우, 정
말로 '시적'이다.

많은 연인들이 나타샤였고 많은 사내들이 혼자 외로이 술
잔을 기울였다.

'나타샤와 나는/ 눈이 푹푹 쌓이는 밤 흰 당나귀 타고'는 더
할 것도 뺄 것도 없는 당나귀도 응앙응앙 우는 밤이다.

나는 내 방에 찾아온 달빛이 싫어서 이 시가 담긴 시집을 윗
목으로 멀리 밀치고 돌아누운 적이 한두 번이 아니었다.

# 청시

별 많은 밤

하누바람이 불어서

푸른 감이 떨어진다 개가 즞는다

붉은 감도 떨어지고 땡감도 떨어진다는 말이 있다. 삶의 무상함, 죽음에는 순서가 정해져 있지 않다는 말이다. 개가 짖는 것을 보면, 이 감나무는 마당가에 있는 감나무인가 보다. 땡감은 바람이 없어도 떨어진다. 깊은 밤 마당에 땡감 떨어지는 소리는 가슴이 덜컥 내려앉을 만큼 크게 들린다.

# 적경寂境

신 살구를 잘도 먹드니 눈 오는 아츰
나어린 안해는 첫아들을 낳었다

인가 멀은 산중에
까치는 배나무에서 즞는다

컴컴한 부엌에서는 늙은 홀아비의 시아부지가 미역국을
끓인다
그 마을의 외따른 집에서도 산국을 끓인다

큰집 앞 오금이네 담가에는 커다란 살구나무가 있었다. 나무는 높았다. 높이 올라간 살구나무는 모양이 둥글었다. 봄이면 초가지붕 넘어 환한 꽃이 피고 살구꽃 잎이 바람에 날려 태환이 형네 지붕을 넘었다.

노랗게 살구가 익기 전, 그해에 장가든 형님들이 몰래 살구를 따가다가 들켰다. 그러면 누구네 집 며느리가 벌써 아기를 가졌다고, 바람에 날리는 살구나무 살구꽃 잎처럼 소문이 퍼져 나갔다. 그리고 동네 사람들은 그 형을 놀려먹었다. "어허, 벌써어……" 그랬다. 그러면 형님들의 얼굴이 붉어졌다.

## 하답夏畓

짝새가 발뿌리에서 닐은 논드렁에서 아이들은 개구리의
뒷다리를 구워 먹었다

게구멍을 쑤시다 물쿤하고 배암을 잡은 늪의 피 같은
물이끼에 햇볕이 따그웠다

돌다리에 앉어 날버들치를 먹고 몸을 말리는 아이들은
물총새가 되었다

여름이면 작은 웅덩이 물을 품어 고기를 잡았다. 물이 들어
오는 곳을 틀어막고, 물을 품어내면 점점 웅덩이 물이 줄어들
고 고기들이 물이 깊은 곳으로 모여 들었다.

　고기들의 지느러미가 보이고 고기들이 요동을 치면, 물방
울이 얼굴로 튀었다. 가슴이 뛰고 두근거렸다. 구정물 속에 있
는, 게 구멍에 손을 넣어 구멍에 숨은 고기들을 꺼내 잡아냈
다. 구멍이 깊었다. 자꾸 손이 깊이 들어갔다. 무엇인가 물컹
손에 잡혔다. 뱀장어인가? 길었다. 엄지와 검지로 뱀장어를
단단히 쥐어 잡고 쑤욱 빼어 땅바닥에다가 힘껏 내려쳤다. 기
다란 것이 쭉 뻗었다. 그리고 나는 아직 물이 덜 빠진 웅덩이
로 비명을 지르며 엉덩방아를 찧고 말았다. 그것은 뱀장어가
아니고, 물에 사는 물뱀이었다. 아이들이 모여들어 죽은 뱀을
보고 흙탕물에 빠진 나를 보며 크게 웃었다.

# 팔원

—서행시초 3*

차디찬 아침인데

묘향산행 승합자동차는 텅하니 비어서

나이 어린 계집아이 하나가 오른다

옛말속같이 진진초록 새 저고리를 입고

손잔등이 밭고랑처럼 몹시도 터졌다

계집아이는 자성으로 간다고 하는데

자성은 예서 삼백오십리 묘향산 백오십리

묘향산 어디메서 삼촌이 산다고 한다

쌔하얗게 얼은 자동차 유리창 밖에

내지인 주재소장 같은 어른과 어린아이 둘이 내임을 낸다

계집아이는 운다 느끼며 운다

텅 비인 차 안 한구석에서 어느 한 사람도 눈을 씻는다

계집아이는 몇 해고 내지인 주재소장 집에서

밥을 짓고 걸레를 치고 아이보개를 하면서

이렇게 추운 아침에도 손이 꽁꽁 얼어서

찬물에 걸레를 쳤을 것이다

어머니는 겨울 강에서 얼음장을 깨고 빨래를 했다. 빨래를 이고 집에 오면 손과 얼굴이 빨갛게 꽁꽁 얼어 있었다. 손등이 쩍쩍 갈라져 피가 보이고 생살이 보였다. 어머니는 부엌으로 들어가 뜨거운 물에 손을 담갔다. 빨래를 널면 빨래가 빨랫줄에서 꽁꽁 얼어 고드름이 매달렸다. 밤이면, 어머니는 어머니의 젖을 짜서 손등에 발랐다. 겨울이면, 우리들의 손등도 그렇게 텄다. 어머니는 우리들의 손에도 젖을 발라주었다. 생살 틈으로 젖이 들어가면 쓰리고, 아팠다. 호롱불 밑이었다.

---

＊ 「서행시초西行詩抄」는 백석이 자신의 고향인 평안도 서쪽 지역을 여행하며
   쓴 연작시로 '팔원'은 평안북도 연변군의 산촌이다.

# 고향

나는 북관에 혼자 앓어 누워서

어늬 아츰 의원을 뵈이었다

의원은 여래 같은 상을 하고 관공의 수염을 드리워서

먼 넷적 어늬 나라 신선 같은데

새끼손톱 길게 돋은 손을 내어

묵묵하니 한참 맥을 짚드니

문득 물어 고향이 어데냐 한다

평안도 정주라는 곳이라 한즉

그러면 아무개씨 고향이란다

그러면 아무개씰 아느냐 한즉

의원은 빙긋이 웃음을 띠고

막역지간이라며 수염을 쓴다

나는 아버지로 섬기는 이라 한즉

의원은 또다시 넌즈시 웃고

말없이 팔을 잡어 맥을 보는데

손길은 따스하고 부드러워

고향도 아버지도 아버지의 친구도 다 있었다

오랜 방황 끝에 고향에 돌아와 따뜻한 아랫목에 누워 천장을 바라보았다. 내 머리맡에 아버지, 어머니, 저쪽 구석에 누이들. 그리고 기침을 하며 방문을 열고 들어온 큰아버지는 내 이마에 손을 얹더니 내 손을 뒤집어 맥을 짚으며 괜찮다, 마음을 덥히면 된다 하였다.

# 『호박꽃 초롱』 서시

한울은
울파주가에 우는 병아리를 사랑한다
우물돌 아래 우는 돌우래를 사랑한다
그리고 또
버드나무 밑 당나귀 소리를 임내내는 시인을 사랑한다

한울은
풀 그늘 밑에 삿갓 쓰고 사는 버슷을 사랑한다
모래 속에 문 잠그고 사는 조개를 사랑한다
그리고 또
두틈한 초가지붕 밑에 호박꽃 초롱 혀고 사는 시인을
사랑한다

한울은
공중에 떠도는 흰구름을 사랑한다
골짜구니로 숨어 흐르는 개울물을 사랑한다
그리고 또

아늑하고 고요한 시골 거리에서 쟁글쟁글 햇볕만 바래는
시인을 사랑한다


한울은
이러한 시인이 우리들 속에 있는 것을 더욱 사랑하는데
이러한 시인이 누구인 것을 세상은 몰라도 좋으나
그러나
그 이름이 강소천인 것을 송아지와 꿀벌은 알 것이다

내 고향 가고 싶다 그리운 언덕,

동무들과 함께 올라 뛰놀던 언덕.

오늘도 그 동무들 언덕에 올라

메아리 부르겠지, 나를 찾겠지.

내 고향 언제 가나 그리운 언덕,

옛 동무들 보고 싶다, 뛰놀던 언덕.

오늘도 흰 구름은 산을 넘는데

메아리 불러본다, 나만 혼자서.


—강소천, 「그리운 언덕」 전문


우리들도 잘 아는 동요다. '송아지와 꿀벌이 아는' 시인 강
소천은 1915년 함경남도 고원 출신이며 본명은 강용률이다.
아동문학가, 시인, 소설가이다. 1915년에 태어나 1963년에 죽

었다. 백석 시인이 세 살 위다.

이 시 속에는 가난한 아이들이 뛰놀고 있다.

# 내가 이렇게 외면하고

　내가 이렇게 외면하고 거리를 걸어가는 것은 잠풍
날씨가 너무나 좋은 탓이고
　가난한 동무가 새 구두를 신고 지나간 탓이고 언제나
꼭같은 넥타이를 매고 고운 사람을 사랑하는 탓이다

　내가 이렇게 외면하고 거리를 걸어가는 것은 또 내 많지
못한 월급이 얼마나 고마운 탓이고
　이렇게 젊은 나이로 코밑수염도 길러보는 탓이고 그리고
어늬 가난한 집 부엌으로 달재 생선을 진장에 꼿꼿이 지진
것은 맛도 있다는 말이 자꼬 들려오는 탓이다

'언제나 꼭 같은 넥타이를 매고/ 고운 사람을 사랑하는' 콧수염 기른 이 월급쟁이, 거기다가 오늘은 월급날이다.

 범상함이 넘치는 백석의 멋진 시다. 아름답다. 오랜만에 날개 접은 일상이 편안히 깃들어 있다.

# 가즈랑집

승냥이가 새끼를 치는 전에는 쇠메 든 도적이 났다는
가즈랑고개

가즈랑집은 고개 밑의
산 너머 마을서 도야지를 잃는 밤 즘생을 쫓는 깽제미
소리가 무서웁게 들려오는 집
닭 개 즘생을 못 놓는
멧도야지와 이웃사춘을 지나는 집

예순이 넘은 아들 없는 가즈랑집 할머니는 중같이
정해서 할머니가 마을을 가면 긴담뱃대에 독하다는
막써레기를 몇 대라도 붙이라고 하며

간밤엔 섬돌 아래 승냥이가 왔었다는 이야기
어느메 산골에선간 곰이 아이를 본다는 이야기

나는 돌나물김치에 백설기를 먹으며

넷말의 구신집에 있는 듯이

가즈랑집 할머니

내가 날 때 죽은 누이도 날 때

무명필에 이름을 써서 백지 달어서 구신간시렁의

당즈깨에 넣어 대감님께 수영을 들였다는 가즈랑집 할머니

언제나 병을 앓을 때면

신장님 달련이라고 하는 가즈랑집 할머니

구신의 딸이라고 생각하면 슬퍼졌다


토끼도 살이 오른다는 때 아르대 즘퍼리에서 제비꼬리

마타리 쇠조지 가지취 고비 고사리 두릅순 회순 산나물을

하는 가즈랑집 할머니를 따르며

나는 벌써 달디단 물구지우림 둥굴네우림을 생각하고

아직 멀은 도토리묵 도토리범벅까지도 그리워한다


뒤울안 살구나무 아래서 광살구를 찾다가

살구벼락을 맞고 울다가 웃는 나를 보고

밑구멍에 털이 멫 자나 났나 보자고 한 것은 가즈랑집

할머니다

찰복숭아를 먹다가 씨를 삼키고는 죽는 것만 같어

하로종일 놀지도 못하고 밥도 안 먹은 것도

가즈랑집에 마을을 가서

당세 먹은 강아지같이 좋아라고 집오래를 설레다가였다

떨어진 살구를 찾다가 살구 벼락을 맞고 우는 아이에게 '밑구멍에 털이 몇 자나 났나 보자'고 한다면 모두들 도망갔을 것이다. 어른들이 아이들을 놀리는 말 중에 가장 부끄러운 말이 '털이 몇 자냐'였다. 그 장면을 떠올리면 유쾌하고 명랑한 시다.

# 통영

　넷날엔 통제사가 있었다는 낡은 항구의 처녀들에겐
넷날이 가지 않은 천희라는 이름이 많다
　미역오리같이 말라서 굴껍지처럼 말없이 사랑하다
죽는다는
　이 천희의 하나를 나는 어늬 오랜 객주집의 생선 가시가
있는 마루방에서 만났다
　저문 유월의 바닷가에선 조개도 울을 저녁 소라방등이
불그레한 마당에 김냄새 나는 비가 나렸다

날마다 서는 통영 어느 어시장 골목은 영화를 찍으려고 만들어놓은 세트 거리 같았다. 좁은 골목으로 불어오는 통영 앞바다 밤바람에 낯선 젊은 여인들이 머플러를 휘날렸다. 사랑을 포기하지 않을 것 같은 젊은 여인들은, 불빛 아래 끝까지 다 웃으며 우리들을 스쳐 지나갔다. 그녀들은 경상도 말을 하고 있었다. 백석의 '천희'들처럼…….

# 창원도
—남행시초 1*

솔포기에 숨었다
토끼나 꿩을 놀래주고 싶은 산허리의 길은

엎데서 따스하니 손 녹히고 싶은 길이다

개 더리고 호이호이 희파람 불며
시름 놓고 가고 싶은 길이다

괴나리봇짐 벗고 땃불 놓고 앉어
담배 한 대 피우고 싶은 길이다

승냥이 줄레줄레 달고 가며
덕신덕신 이야기하고 싶은 길이다

더꺼머리 총각은 정든 님 업고 오고 싶을 길이다

나는 백석의 이 길들을 다 좋아하지만, 가장 좋아하는 길은 '개 더리고 호이호이 희파람 불며/ 시름 놓고 가고 싶은 길이다'.

---

* 「남행시초南行詩抄」는 백석이 경상남도 통영, 고성, 창원, 삼천포, 마산 등 남해안 일대를 여행하고 쓴 연작시다.

# 삼천포
—남행시초 4

졸레졸레 도야지새끼들이 간다
귀밑이 재릿재릿하니 볕이 담복 따사로운 거리다

잿더미에 까치 오르고 아이 오르고 아지랑이 오르고

해바라기하기 좋을 볏곡간 마당에
볏짚같이 누우란 사람들이 둘러서서
어늬 눈 오신 날 눈을 츠고 생긴 듯한 말다툼 소리도
누우라니

소는 기르매 지고 조은다

아 모도들 따사로이 가난하니

겨울이면 텃논에 볏짚을 높게 쌓아두었다. 볏짚은 바람을
막아주고 양지를 만들어주었다. 동네 어른들이 바람막이 양지
에서 팔짱을 끼고, '볏짚같이 누런 얼굴'로 해를 바라보고 앉
아 있었다. 어떤 날은 볏짚을 허물어 지붕을 이을 이엉을 엮었
다. 주인이 삶은 고구마와 술을 내왔다. 우리들은 엮은 이엉을
길게 잡아당겨 주고 고구마를 얻어먹었다. 동환이 아저씨, 당
숙, 큰집 큰아버지, 저 아랫마을 당숙, 어떤 날은 외삼촌도 끼
어 있었다.

# 여우난골족

　명절날 나는 엄매 아배 따라 우리집 개는 나를 따라 진
할머니 진할아버지가 있는 큰집으로 가면


　얼굴에 별자국이 솜솜 난 말수와 같이 눈도 껌벅거리는
하로에 베 한 필을 짠다는 벌 하나 건너 집엔 복숭아나무가
많은 신리 고무 고무의 딸 이녀 작은이녀
　열여섯에 사십이 넘은 홀아비의 후처가 된 포족족하니
성이 잘 나는 살빛이 매감탕 같은 입술과 젖꼭지는 더 까만
예수쟁이 마을 가까이 사는 토산 고무 고무의 딸 승녀 아들
승동이
　육십리라고 해서 파랗게 뵈이는 산을 넘어 있다는
해변에서 과부가 된 코끝이 빨간 언제나 흰옷이 정하든
말끝에 설게 눈물을 짤 때가 많은 큰골 고무 고무의 딸 홍녀
아들 홍동이 작은홍동이
　배나무접을 잘하는 주정을 하면 토방돌을 뽑는 오리치를
잘 놓는 먼 섬에 반디젓 담그려 가기를 좋아하는 삼춘
삼춘엄매 사춘누이 사춘동생들

이 그득히들 할머니 할아버지가 있는 안간에들 모여서
방안에서는 새옷의 내음새가 나고
　또 인절미 송구떡 콩가루차떡의 내음새도 나고 끼때의
두부와 콩나물과 뽑은 잔디와 고사리와 도야지비계는 모두
선득선득하니 찬 것들이다


　저녁술을 놓은 아이들은 외양간섶 밭마당에 달린
배나무동산에서 쥐잡이를 하고 숨굴막질을 하고
꼬리잡이를 하고 가마 타고 시집가는 놀음 말 타고 장가
가는 놀음을 하고 이렇게 밤이 어둡도록 북적하니 논다
　밤이 깊어가는 집안엔 엄매는 엄매들끼리 아르간에서들
웃고 이야기하고 아이들은 아이들끼리 웃간 한 방을 잡고
조아질하고 쌈방이 굴리고 바리깨돌림하고 호박떼기하고
제비손이구손이하고 이렇게 화디의 사기방등에 심지를
멫 번이나 돋구고 홍게닭이 멫 번이나 울어서 졸음이 오면
아릇목싸움 자리싸움을 하며 히드득거리다 잠이 든다
그래서는 문창에 텅납새의 그림자가 치는 아츰 시누이
동세들이 욱적하니 흥성거리는 부엌으론 샛문틈으로
장지문틈으로 무이징게국을 끓이는 맛있는 내음새가
올라오도록 잔다

'명절날 나는 엄매 아배 따라 우리집 개는 나를 따라 진할
머니 진할아버지가 있는 큰집으로 가면'으로 시작되는 이 시
는 숨 돌릴 새 없이 생생하게 그림을 그려간다. 좋은 시는 다
그림이다. 이 시는 장면 장면이 다 풍속화다. 명절날 친족들이
모여 닭이 울 때까지 늦잠 자는 모습도, 지금 바로 내 눈앞에
서 화면 가득 펼쳐지는 영상으로 다가온다. 영화를 찍을 때 카
메라 렌즈를 고정시켜놓고 오래 촬영하는 장면들이 있다. 이
렇게 하나의 숏을 길게 촬영하는 것을 롱 테이크라고 한다. 백
석의 시를 읽을 때마다 롱 테이크로 촬영한 장면을 나는 연상
한다. 백석의 시는 가만가만 징검돌을 디디며 징검다리를 건
너가듯 읽어야 한다. 징검돌을 건너 뛰다가는 물에 빠진다.

# 나와 지렁이

내 지렁이는

커서 구렁이가 되었습니다

천 년 동안만 밤마다 흙에 물을 주면 그 흙이 지렁이가
되었습니다

장마 지면 비와 같이 하눌에서 나려왔습니다

뒤에 붕어와 농다리의 미끼가 되었습니다

내 리과책에서는 암컷과 수컷이 있어서 새끼를
낳었습니다

지렁이의 눈이 보고 싶습니다

지렁이의 밥과 집이 부럽습니다

지렁이와 가재는 친구였습니다. 지렁이는 눈이 있고 가재는 눈이 없었습니다. 둘은 늘 같이 모여 놀았습니다. 지렁이는 가재에게 눈 자랑을 했습니다. 가재야 눈이 있어봐라 세상이 얼마나 아름다운지. 가재는 지렁이에게 눈을 한 번만 빌려달라고 했습니다. 지렁이는 절대 안 된다고 했습니다. 그러던 어느 날, 지렁이가 잠이 오는지, 졸고 있었습니다. 이때다 싶은 가재가 지렁이 귀에다 대고 지렁아, 눈 한 번만 빌려줘봐 얼른 달아보고 줄게, 했습니다. 지렁이는 잠결에 그럼 그러라고 하며 눈을 빼주었습니다. 가재는 너무도 반가워 더듬더듬 더듬어 얼른 눈을 달았습니다. 엉겁결에 눈을 머리에다 박았기 때문에 가재 눈은 덜렁덜렁합니다. 사실입니다. 눈을 단 가재는 욕심이 나서 뒤로 도망을 갑니다. 그때부터 가재는 뒤로 가기 시작합니다. 이것도 사실입니다. 뒤로 도망을 간 가재는 바위 틈으로 들어가버립니다. 그때부터 가재는 바위틈에 살기 시작

합니다. 이것도 사실입니다. 지렁이가 잠을 깨어 정신을 차려 보니, 세상이 캄캄했습니다. 가재에게 눈을 준 생각이 난 지렁이가 가재를 불러보았지만, 이미 때는 늦고 말았습니다. 지렁이는 석 달 열흘이나 가재를 불러보았지만, 소용이 없었습니다. 석 달 열흘이란 말도 그때부터 사용했습니다. 그때부터 지렁이는 울기 시작했답니다.

우리 어머니 이야기입니다.

# 추야일경 秋夜一景

닭이 두 홰나 울었는데
안방 큰방은 홰즛하니 당등을 하고
인간들은 모두 웅성웅성 깨어 있어서들
오가리며 석박디를 썰고
생강에 파에 청각에 마눌을 다지고

시래기를 삶는 훈훈한 방안에는
양염 내음새가 싱싱도 하다

밖에는 어데서 물새가 우는데
토방에선 햇콩두부가 고요히 숨이 들어갔다

닭이 두 홰 울었으면 곧 날이 밝을 시간이다. 집 안 환하게 여기저기 등불을 밝히고 새벽까지 음식을 장만한다. 무슨 일이 있었을까. 아니, 무슨 일이 있는 날일까. 누구네 혼사가 있는 것일까. 환갑잔치가 있는 날일까. 즐거운 일이 있는 것이 분명하다.

　'햇콩 두부가 고요히 숨이 들어갔다'.

　고요히, 고요히 라는 말이 이렇게 아름답게 '들어갔다'니, 백석의 '시'다.

# 고방


　낡은 질동이에는 갈 줄 모르는 늙은 집난이같이
송구떡이 오래도록 남어 있었다


　오지항아리에는 삼촌이 밥보다 좋아하는 찹쌀탁주가
있어서
　삼촌의 임내를 내어가며 나와 사춘은 시큼털털한 술을
잘도 채어 먹었다


　제삿날이면 귀먹어리 할아버지 가에서 왕밤을 밝고
싸리꼬치에 두부산적을 께었다


　손자아이들이 파리떼같이 모이면 곰의 발 같은 손을
언제나 내어둘렀다


　구석의 나무말쿠지에 할아버지가 삼는 소신 같은 짚신이
둑둑이 걸리어도 있었다

넷말이 사는 컴컴한 고방의 쌀독 뒤에서 나는 저녁
끼때에 부르는 소리를 듣고도 못 들은 척하였다

'고방'은 광을 말한다. 광은 세간이나 그 밖의 여러가지 물건을 넣어두는 곳이다. 우리들은 광 방이라고 불렀다. 네 칸 홑집인 우리 집의 광 방은 집의 가운뎃방이다. 마루를 놓았다. 늘 서늘하였다. 크고 작은 독들이 여러 개 있었다. 우리들이 까치발을 하고 키를 높여야 속이 보이는 쌀독도 있고, 콩과 팥을 넣어둔 작은 독이나 곡식을 담아두는 이런저런 그릇들이 있었다. 명절이 지나면, 먹을 것들이 남아 어머니는 이 광 방에 떡이나 집에서 만든 콩 과자들을 숨겨놓았다. 학교 갔다 온 우리들은 어머니가 어딘가에 꼭꼭 숨겨놓은 먹을 것들을 찾았지만, 쉽지 않았다. 어머니는 우리들의 속에 들어갔다 나온 듯 훤하게 알고 있어서 늘 『삼국지』의 조조처럼 허허실실 작전으로 우리들을 속였다. 들에서 돌아온 어머니는 우리들이 전혀 상상하지 못한 엉뚱한 곳에서 감추어놓은 음식을 들고 왔다. 어머니의 작전에 속은 우리들은 늘 감탄에 감탄을 했다. 아연

실색한 우리들을 보고도 어머니는 언제나 얼굴색 하나 변하지 않았다.

# 개

접시 귀에 소기름이나 소뿔등잔에 아즈까리 기름을 켜는
마을에서는 겨울밤 개 짖는 소리가 반가웁다

이 무서운 밤을 아래 웃방성 마을 돌아다니는 사람은
있어 개는 짖는다

낮배 어니메 치코에 꿩이라도 걸려서 산 너머 국숫집에
국수를 받으려 가는 사람이 있어도 개는 짖는다

김치가재미선 동치미가 유별히 맛나게 익는 밤

아배가 밤참 국수를 받으려 가면 나는 큰마니의
돋보기를 쓰고 앉어 개 짖는 소리를 들은 것이다

우리 동네에서는 동치미를 '싱건지'라고 했다. 무와 소금으로만 담근다. 겨울밤 삼을 삼을 때 밤이 깊으면 어머니들은 땅속에 묻은 커다란 독에서 얼음이 둥둥 뜬 '싱건지'를 내다가 네 쪽으로 쪼개 한 쪽씩 손에 들고 베어 먹었다. 무를 다 건져 먹고 얼음이 둥둥 뜬 국물을 마시면 이가 시리고 싱겁고 달짝지근하였다. 아무리 싱거워도, 반찬이어서 고구마를 삶아 같이 먹었다.

꿩고기 국물에다가 국수를 말아 먹는다는 말은 북쪽 사람들 글에서 많이 나온다. 우리 마을에서 국수를 먹는 날은 혼사가 있는 날이었다. 닭고기 국물에다가 닭고기 몇 점을 넣어 먹었다. '국수를 받으러' 간다는 말은, 듣지 못했다.

# 석양

거리는 장날이다

장날 거리에 넝감들이 지나간다

넝감들은

말상을 하였다 범상을 하였다 쪽재피상을 하였다

개발코를 하였다 안장코를 하였다 질병코를 하였다

그 코에 모두 학실을 썼다

돌체돋보기다 대모체돋보기다 로이도돋보기다

넝감들은 유리창 같은 눈을 번득거리며

투박한 북관말을 떠들어대며

쇠리쇠리한 저녁해 속에

사나운 즘생같이들 사러졌다

'넝감들은/ 말상을 하였다 범상을 하였다 쪽재피상을 하였다/ 개발코를 하였다 안장코를 하였다 질병코를 하였다/ 그 코에 모두 학실을 썼다'.

학실은 '돋보기'다. 말상, 범상, 쪽재피상은 알겠는데, 개발 코상은 무엇인지 모르겠어서 인터넷에서 찾아보았더니, 너부 죽하고 뭉툭하게 생긴 코라고 한다. 안장코는 말안장 모양을 한 코고, 질병코는 진흙으로 만든 병처럼 투박하게 생긴 코다. 재미있어서 찾아보았다.

백석은 의외로 재미있는 사람인가 보다. 잘생기고 멋진, 거기다가 시인인데, 재미까지 있으면 인기였겠다.

# 산중음

## 산숙

여인숙이라도 국숫집이다

모밀가루포대가 그득하니 쌓인 웃간은 들믄들믄

더웁기도 하다

나는 낡은 국수분틀과 그즈런히 나가 누워서

구석에 데굴데굴하는 목침들을 베여보며

이 산골에 들어와서 이 목침들에 새까마니 때를 올리고

간 사람들을 생각한다

그 사람들의 얼골과 생업과 마음들을 생각해본다

## 향악

초생달이 귀신불같이 무서운 산골 거리에선

처마 끝에 종이등의 불을 밝히고

쩌락쩌락 떡을 친다

감자떡이다

이젠 캄캄한 밤과 개울물 소리만이다

## 야반

토방에 승냥이 같은 강아지가 앉은 집
부엌으론 무럭무럭 하이얀 김이 난다
자정도 훨씬 지났는데
닭을 잡고 모밀국수를 누른다고 한다
어늬 산 옆에선 캥캥 여우가 운다

## 백화

산골집은 대들보도 기둥도 문살도 자작나무다
밤이면 캥캥 여우가 우는 산도 자작나무다
그 맛있는 모밀국수를 삶는 장작도 자작나무다
그리고 감로같이 단샘이 솟는 박우물도 자작나무다
산 너머는 평안도 땅도 뵈인다는 이 산골은 온통
자작나무다

또 국수다. 국수 먹고 싶다.

백석이나 이용악의 시에서는 유독 국수가 많이 나온다.

우리나라 마을마다 도시마다 이름난 '원조' 국수집이 있다. 우리가 국수를 좋아한다는 증거다. 자작나무라는 말에서는 왠지 시 냄새가 나는 것 같다. 문단에 나가기 전인지 나간 직후인지 모르겠다. 김준태 시인의 시인지, 안도현 시인의 시인지 모르지만 자작나무라는 시어를 보고, 정말 부러웠다. 그리고 사전에서 자작나무를 찾았다. 백두산에 갔을 때, 큰 자작나무를 보았다.

장이머우 감독의 영화 〈집으로 가는 길〉에는 단풍 든 아름다운 자작나무 숲이 많이 나온다. 자작나무 단풍은 노랗다. 가슴께에 양 갈래 머리를 땋아 내린 장쯔이가, 좋아하는 선생님을 보려고 자작나무 언덕길을 뛰어가는 장면은 예뻤다. 자작나무 단풍이 한창일 때 말이다. 그것도 장쯔이가 말이다.